Library of
Davidson College

Gerardo Deniz
ENROQUE

letras mexicanas
fondo de cultura económica

4320-20
84-526

ENROQUE

Enroque es precisamente un libro en donde todos los poemas están mudados, transpuestos, colocados de tal manera que —fuera de la costumbre del autor por agrupar cronológicamente los poemas, como lo muestran sus dos libros anteriores (*Adrede*, 1970 y *Gatuperio*, 1978)— aquí podemos leer en cualquier dirección y hacia cualquier atajo.

Cada uno de los poemas que abren el libro se lee como una pisada que hunde el sitio donde ocurre. Cuadros, estampas, itinerarios, evocaciones en un cuarto con mujer, silenciosas; a veces se interpone un par de homenajes, una confesión, el metro. Conforme se avanza, dentro de la misma pieza, la ciudad recobra muchos ángulos apreciables e inéditos; la forma de mirar y transitar en el valle de México es desde bocacalles, desde ventanas que se asoman al sur, desde muchachas o en calles desiertas del norte. El libro poco a poco gira, crece en ironía y enroca otros temas, hace remolinos, regresa de un afluente musical hasta desembocar en varios poemas "históricos".

Como esos grupos de piezas para piano de Debussy o Chopin: estudios, preludios, imágenes, los poemas de *Enroque* son objetos perfectamente armados, cuerdas que tensan el oído para mirar un flujo intermitente, una constelación de fogatas.

GERARDO DENIZ

ENROQUE

letras mexicanas

FONDO DE CULTURA ECONÓMICA

Primera edición, 1986

D. R. © 1986, Fondo de Cultura Económica S. A. de C. V.
Av. de la Universidad, 975; 03100 México, D. F.

ISBN 968-16-2208-1

Impreso en México

[1977-1984]

PAUSA

Hacia la lámpara
sube del cenicero una veta silenciosa
y en el papel hay catorce nudos de hilo negro,
único invento de hoy.
Dentro del vaso
suena el hielo en voz baja
al resbalar en sí mismo, disminuido.

PLANTA

Descienden las hojas
abrasadas en el aceite pelirrojo del otoño,
cubren el suelo de monstruos raquíticos y tensos
que los pies desmenuzan
como a una especia nada más para el oído.
Desvían, distraen;
a veces engañan.
No dejan pensar. Callamos.

Da largo el paso para pisar aquélla.

CONCILIÁBULO

Entre dos montañas el bronce verdoso donde flotaba el
 día.
Aquí breves objetos infalibles.
Si dejo de encomiarlos no se inmutan, porque están ya en
 lo oscuro
aunque finjan oír todavía, hocico entre las patas.
Después, en la ventana negra
algunas luces lejos se ocultan y retornan
tras ramas invisibles que mueve el viento de marzo.

MARGEN

He bajado de rumbos militares
con un panal de abejas bajo el brazo.
Mediodía entornado en este bosque
donde unos reman, otras llevan falda y blusa.
Aquí no hay nadie. Casi. Sobre la verde superficie
una libélula múltiple remienda con puntadas fugaces
los agujeros que dejan cuando estallan las burbujas.
Debajo,
el pez exhala anillos improbables de vaho.
No ofendería sus creencias verme alzar un dedo
    ensalivado
y hacerlo chirriar contra el sol.

PRESENCIA

Son los musgos próximos
—tongue in cheek bajo coníferas ilustres—
optando ya al nacer
en un encogimiento diminuto de hombros verdes.
Traídos por la fuerza de las cosas
para disimularlas con su tapiz unánime,
nos ven pasar, pisarlos, todos sesos y huesos;
completa indiferencia.

En algo nos superan todavía:
en la fauna que alojan
y en querer la humedad pero no el agua.

PRINCIPIOS

Lo que escribo tiene el derecho
—para los fines de la rima
y todo eso que sólo a mí interesa—
de decir que era verde el vestido
gris en realidad,
o decir que era martes
cuando que fue viernes —si me acuerdo—,
o explicar que el barco enarbolaba calavera y tibias
porque lo estaban fumigando.
Tiene este derecho
y casi ningún otro.

INCOMPRENSIÓN
(en mi mesa de trabajo)

Aún no hay nubes. Desde lo alto de los montes
los tlaloques me miran sin afecto
mientras subrayo para versalitas
SAL, ROSH, BER, YON, sílabas del saber nuevo.
Entonces, sin moverme de mi sitio,
también yo los miro, fastidiado.
Quisiera preguntarles con gestos
en qué fatal instante
el demonio de Maxwell se distrajo
y me envió del lado de los ángeles.

DIFÍCIL

Volver es una cosa, otra escribirlo
en las horas hostiles que desfilan con mazas de piedra.
Qué guapas son, y qué brutas.

El sur agita gallardetes en jirones,
barco encallado en el coral azul del día.
Los volcanes, las cosas celando un espacio dudoso;
y la vida que se retuerce aquí mismo
es un naranjo extraño.

Un ídolo de madera baja el Dniéper revuelto;
cruza el ramarro —relámpago— el camino.
Chocan en esta línea. ¿Y bien?
Aquel que amó, ¿ame mañana?

Las doce.
El sol pone el mantel en la montaña
donde una nube llega, se demora,
sucia de ser humano.

PEDREGAL

A Alfonso Rodríguez Díaz

Cuando había estrellas en el cielo,
giraba y el mapa calado se hundía despacio
en la rendija, ponía a sonar
la pianola culpable del país.

Anochece y llovizna y poco a poco
al pie del Ajusco se enciende un hormiguero aterido;
saben hacerlo: se notan segmentos rectos,
cuadrículas posibles. Ya llegarán astrólogos que
　　expliquen.
Por ahora la vista titubea sobre puntos de luz
como el tacto aún torpe de un ciego reciente.

Silencio en vastos relámpagos escasos.

CANCIÓN CONTRA EL PERRO

> ...the dog is a snob, in the sense that he respects power and prosperity, and objects to the poor and despised.

El hombre repartió su primer formulario;
sólo tú lo llenaste. Admirabas en él
lo peor, que era lo peor tuyo,
lo que otras bestias usan para sí nada más
y que tú le ofreciste al mono neoténico.
Te deformó a sus anchas,
fuiste enano, afeitado, repulsivo, ridículo,
insulta con tu nombre, te pone como ejemplo —¿no me
 ves?
A quien puedes atacas, discípulo inmundo,
con la acidez de quien llegó a suplente;
luego te aplasta el amo, por costumbre,
cuando has vuelto a ser negro o amarillo, sin más,
no dañas y vas solo, con esas orejas tristes,
con un pecado original que no es a tu medida
—pues así suele ser esa clase de pecados—,
y entonces das lástima, francamente.

NACHTRAG

Otra cosa que vio Conseil
fue a un demiurgo creando un mundo.
Tenía una mueca violenta y fija, como quien busca el ojo
      de la aguja
o se lija un jiote con higiene,
o como una dienona a punto de volverse fenol.
Tardó bastante.
Al terminar se adormiló un rato mientras respiraba
      hondo, con el cogote en el respaldo craso,
hasta que le vino un acceso de tos.
Entonces se levantó malhumorado
y se fue por el pasillo del submarino rezongando algo
      complicado y horrible.
Abrió una puerta con violencia:
cortaron la conversación y lo miraron, desdeñosos,
lo cual aumentó su ira,
                      y así sucesivamente.

CAPRICHO
(en estado de ebriedad)

Mundo mongoloide y pendejo —¡que sí!
Vean en la Trinidad su trisomia; vean en el cielo
en esa luna blanquecina de las ocho temprano
la señal de donde fue malarrancada la etiqueta con el
    precio de todo esto
—mientras desayunan calentándose las manos en las
    tazas
(el yavista, el eloísta, el pederasta),
festejando la invención de la leche. Selah.

HÁBITAT

A David Huerta

Habitamos en la Bestia* y en su Baba
resbalando. Noche o día,
sus ojos se mueven aprisa y sin compás
bajo los párpados, para que sucedamos:
esta ciudad es sueño de alebrije,
de esta ciudad es nuestra baja estofa.
Si sueña (rara vez) con Jano bostezando unánime,
con una óctuple macla de rutilo desvirgada,
por el túnel molar entonces,
por la rotura en medio que deprecia el espécimen,
cambiamos un brindis estoico, enantiomorfo,
sin soltar el pie hinchado de la otra mano, flaca.

---

* *Enciclopedia de México*, art. "Bestia del Apocalipsis".

EGERIA

La poesía buscaba ociosos en la Librería de Cristal de la
	Alameda;
hoy día se pone por el Hotel de México.
Nadie se ha acostado con ella, pues te lleva a un cuchitril
y cuando apenas te estás desanudando la corbata
entra Cristo, le da a la manivela de la cama
y la poesía, en posición de Trendelenburg,
declama cursilerías, obscenidades, lemas revolucionarios
o simples mentiras —"ich bin elektrischer Natur", le
	gritó a Goethe—
mientras pare un gel sietemesino
donde sobrenada todo, si se quiere, menos lo inapreciable:
el gato atigrado y la viola.

AMADOS

> Lee los libros esenciales,
> bebe leche de leonas; gusta el vino
> de los fuertes: tu Platón y tu Plotino,
> tu Pitágoras...

1

Entre los árboles del Bois de Boulogne avanza,
pestañea,
        continúa.
Viene leyendo un librito.
En la derecha el biberón. Se detiene,
chupa con recato,
              continúa.
—....
—De leonas.
(Con la voz y la sonrisa que se hicieron legendarias.)
Se borra en la neblina,
                murmura
$8 \times 3, 24; 8 \times 4, 32; 8 \times$
Hoy lee a Pitágoras. Esencial.

2

El cadáver del demogorgojo Shelley fue reconocido
por su ejemplar de Sófocles.
Si hace un cuarto de hora aquel camión
lo hubiese logrado,
King Lear conmigo diera de qué hablar.
Leía teatro jacobelino.
Bebía leche de leonas.
Tendría que aparecerme a mis hijas
en los bastiones de la Colonia del Valle a declarar:
—Es un energúmeno infumable. Swear!
Y con el susto
no sabrían
lo que dije.

HOMENAJE A P.F.M.

Sobre la calma de domingo a mediodía en el barrio
	elegante
pasa un viento silencioso, muy azul, demasiado
(vibran cordeles, antenas oscilan y late un cristal flojo);
lleva puntos suspensivos, arena salada, insectos
	malandantes.
Frente a la gran ventana que no da a la calle, muy arriba,
alguien desayuna a solas sin quitar la vista del cielo,
sin perderse nada que importe.

Sale el sol de una nube,
				el antecomedor se transfigura,
todo brilla con luz suya.
Él, mascando, describe con el cuchillo una espiral lenta
	en el aire
mientras desciende flotando tras la vidriera una camisa
	blanca grotescamente inflada.

HOMENAJE A J.T.

Después del chocolate, frente al pan cubierto,
leer un buen rato sobre la tela ahulada
de cuadros blancos y de cuadros rojos,
bajo la luz con puntas de vidrio y de latón,
entre mosaicos sosos que suben por la pared un metro.
No es preciso volver al sillón purista que espera a oscuras.

Eudora se ha ido a acostar, como siempre relativamente
 bella,
la mejor mujer posible, simple, pausada y cariñosa.
Hoy no la seguiré por escalones de metal triangular.
Le he de comprar un pañuelo, una escena azteca, una
 corneta.
Tengo que salir a destapar la coladera con un palo.
Toda una aventura. El tren pita desde Buenavista.

La lluvia suena en el patio. Lleva horas.

AGÜERO

Los niños gritan como mandrágoras que arrancan
llega una señora sonriente a quien no conozco y me tiende
    un plato con 2 panaceas
es complicado este negocio de la panacea según se reza en
    los antiguos autores
otro trastabillando como un mosquetero a preguntarme
    quién fue Mazarino
llenas las copas
árbol de navidad
cuanta vez enciende se establece un cenobio gnóstico de
    luces puras en nichos entornados
los hay adorables
dan ganas de quedarse ahí a vivir en un pequeño
    domicilio de agujas de abeto
encontrando el cielo estrellado menos terrorífico cada
    noche hasta recaer —pero dulcemente— en la
    estulticia y el error

NICTEMERAL

A José Luis Rivas

Tarde
Ese espejo convexo
donde el goce se mira.

Ocaso
Jirón de piel aún viviente
puesta a salar.

Noche
Contra la cascada tinta
un lento salmón de luna.

Madrugada
Prisma de jaspe
proyectando aceras solas.

Alba
Cuando lo mismo
araña las rendijas.

Mañana
Lupa azul cielo
del inquisidor.

BRUYÈRES*

Después de aquellas nieblas y hojas muertas,
dispuesta, pero no te decidías,
se vio tu borde erizado al desvestirte ante la lámpara
(cuentas de Baily)
(pero es de frío, ¡vaya! —como dijo el tocayo Jean-Sylvain)
y, contra la costumbre en los eclipses,
un pájaro cantó, posado en la madera de hacer pipas,
mientras duró la totalidad.

* La lista de los ingredientes de este poema apareció en el núm. 2 de la revista *Cartapacios*, pp. 16-17 (1979).

HORA

El último sol dibuja la ventana en diagonal sobre la cama
    y nosotros
el sublime concierto a la memoria de un ángel
no lo escucho
no la veo
lo consumamos
tobillo en el pliegue de mi cuello
dedos extraños del otro pie en la boca
sólo existen Saturno y el vacío
a la temperatura de tu vida

HIPÓTESIS

Si nada hubiera al mediar la tarde,
todo estaría inventado
antes de café y seis galletas de anís,
hablando poco,
en pie.

Una cucaracha por la pared de la cocina.

MÉTODO

En el cuadrado azul del tragaluz
contemplábamos el borde de una nube;
yo te había enseñado a ver esas cosas, decías.
Sin cambiar de voz y sin prisa y sin pausa
le atribuí cualidades por orden alfabético
que sin duda dejaban todo igual
pero tú aprobabas con la vista en alto,
pues las mujeres hallan natural la falacia patética.
Cuando algo te sonó por fin desconcertante
y advertiste que lo que le colgaba yo al cielo
te lo quitaba a ti,
acababas de quedar desnuda.

TROVA

A María Elena Aramoni

Si enseñas temprano tu pianote de dientes
fue provechoso más que nunca
dormir con un cálculo pequeño en la garra,
poner en remojo las barbas al capricornio
de la colección Austral
—hasta esas veces en que, tan cuitada,
como si uno en el invernadero descifra con esfuerzo entre
      la hojarasca "mpasúch"
y ya sabe a qué atenerse.

VITRIOL

Andén

1

Ya vendrá, siguiendo su geodésica;
es una calle oblicua, toda esquinas.
Si le hubiera puesto un camino de granos de sal,
la llovizna lo habría borrado
haciendo de los charcos mares muertos.
Tampoco fue preciso.

2

Hermoso, dejar partir dos trenes,
las manos a la espalda,
esperando un tirón de dedos
—y sentirlo.

3

Difícil, escuchar detrás los pasos,
ir sólo más despacio
—y alguna vez errar, lo acepto.

4

Pero algo falta en el fondo del túnel,
brillos de unas afueras donde siempre es de noche
mas nunca demasiado tarde. No bien llegue
la pondré a que adivine:
"hotel" en letras rojas.
                      (Quién podría,
acechándonos doble mientras tanto,
presagiar nuestra risa, que todo mundo oirá.)

5

Y un sañudo alacrán trenzado de vainilla
beberá junto a mí en la fresca ráfaga
que anuncie el tren cercano
y nos despeine
pronto.

Sacádico

El aire a presión avisa en los oídos:
pasa el metro contrario,
se suman velocidades.
                      La mirada diagonal
salta del labio de arriba
a la rendija del pecho
donde dos hilos naranja sin atar
—un sabor en la vista de ajonjolí
tostado.
        Ya está lejos.

Rey David

Llovió tres, cuatro veces en la noche.
Cada vez te habría hecho lo mismo
(¿desperdiciarías tú la circunstancia?).
Amaneció verde un trozo de acera.
En la puerta de la tienda el gato ciego
lamía un bloque de hielo. Es su costumbre.
En la estación hay goteras recientes.
Nada nace con todas las posibles.

Diagnóstico

Del libro en mano, Pushkin o Hafiz,
irá asomando un sobre y en el sobre
un conciso dictamen de citología exfoliativa
cuando en cualquier estación sin estrenar
de sábado mío por la tarde
entres absorta en el vagón; al encontrarme enfrente
(yo conozco esa sonrisa incierta)
vengas al lado aunque sobran asientos—
y antes de que alces callando tu pregunta miope
pronunciar (no para que lo escuches
aunque ojalá te roce):
—Ya.

Grammata serica recensa

Cada noche se le cuaja por debajo a la ciudad la hiel
    verde más negra
en los colédocos y quistes de un carácter chino arcaico
plagado de inciertas curvaturas
que acaso predirá
(como en escápula o carapacho agrietados al fuego)
el derroche final de este clima.
No está trazado aún del todo.
Hay que esperar, sin pretender leer antes.
Hay noticias que llegan retrasadas.

Destierro

Era por juego, tal vez profundo;
ruido de mujer que llega, salpica, ríe,
sube un pie pardo a mi mesa,
desciende en caracol limos y densidades
por gradientes de daño que no mata
de frenazo en seco.
                    Largamente
avanza la onda, encima,
y el mundo titubea, siempre reflejado
—piel o saliva en guardia,
altibajos que mojan la ribera
un poco más arriba, mientras el agua vuelve
a su cruel nivel lacustre.

Pensarlo sin almohada

A estas horas circulan los últimos metros.
Habrá quien llegue apresurado a la estación y halle la reja;
quien ya ni vaya, y habría llegado.
Nunca se sabe.
No se puede saber.
Es como todo.

Disminución

Cuando dentro de unos meses
vuelvas a serme la que siempre me fuiste
—no es decir poco, pero tampoco es esto—,
la sombra se habrá acabado de tejer,
más veloz al final, sobre mi suelo de adentro,
los muebles, los papeles, mis ganas de salir;
mirar por la ventana la acera de enfrente
donde aún llegará luz de la tarde.

Arribo

Hoy viajo acechando adelante
y te consagro este tramo recto
que sólo conocimos al revés.
Tan certero en su negrura,
corta por lo sano
lemas, manzanas, convicciones,
sin que se note: es por debajo.

UBICUA

Adolescente aún niña, por la calle,
quizá con las uñas algo sucias;
joven tan a menudo tan mediana;
o en treintas, taciturna, toda mirada móvil
por una fiebre seca de códice borroso—
pero que duerma sola y en su cuarto
(¿no va uno a poner las condiciones?):
vivirla cama adentro, sin hablar, el embozo en los labios,
    que huele a su saliva;
haya luz suficiente.
—No; ni aun tocarla.   Mirar sólo
en torno, la falda dejada con afición
o el pantalón calamitoso aventado a una esquina.
Volver los ojos, vigilarla aquí al lado
en lo más suyo: está
        y yo no la conozco.
Justipreciar la lámpara patética o discreta
(y luego su perfil: como el que espía
lo que lee un compañero de trayecto —y en el acto
le escruta el rostro, ¿para qué?),
tranquilidad cardinal en la cortina,
el florero decente o
un escalofriante conejito con cara de niño,
de loza —ése, sí, ése.   Largo rato. Muy cerca. Paralelos,
en tanto menstrua, se adormila,
pasará el primer frío con sólo estar tan quietos
que apenas vibre la espada de mercurio entrepuesta.
Respirando pausado, profundo, a mis anchas;
a mis inmensas anchas.

NORTE

Ésta era tu casa,
donde nunca entré,
que nunca vi de día
cuando hace siglos te acompañaba, tarde,
esperaba que entrases por la puerta donde me he detenido
y volvía, húmedo de ti aún a través de la noche blanda,
    segura,
porque la certidumbre de tu vida y de tu carne
era un arroyo de leche prodigiosa y confiada.

Ahora es mediodía, azul y nubes;
me da vértigo entender de pronto
que esta calle que hasta hoy no conocí a la luz
fue tuya antes de hallarnos;
luego llegué y dudabas, recorriste esta acera
semanas, pensando a qué nueva extraña prueba
    someterme;
quizá mirabas aquel balcón de esquina al decidirte
y la siguiente noche que nos trajo aquí juntos
nos había encontrado mezclándonos lejos.

Dormiste aquí adentro entonces como en toda otra fecha;
¿qué repasabas al unir los párpados?
¿qué al despertar en un domingo igual a éste?
Saliste, y quien pasara te siguió con la vista deseándote.
Por donde ahora me alejo me llevaste en los ojos, los
    oídos, en la piel, en las vísceras.
Algo de mi sustancia se hacía matiz tuyo
en el albor de nuestro primer año.

FASE

Flotas ante mis ingles en tal misterio frío
que no sé si tus pies tocan el suelo
o se curvan inermes en el aire, suspensa
de la nuca que me apoyas en el hombro,
de cuatro manos juntas sobre tu garganta,
del olor que busco en tu cabello a oscuras.
Pienso tu forma de costado, absorta,
reclinada en mí mismo, frente a la vidriera,
surcada de temblores súbitos,
mirando la calle como si no entendieses
las luces reflejadas en el asfalto abajo.
No pasan casi coches a esta hora;
sin decirlo observamos el farol encendido
y entre él y los dos
balcón mojado, un anillo de insectos y el agua amarillenta
que cae desmenuzada.
                      Vámonos a dormir.
Te oigo orinar tras la puerta mal junta.
Ahora tus pasos.
Cubiertos de sábanas y sombra pulsamos frente a frente
con la ventura del tacto sin deseo;
te surgen recodos, frescores, consistencias
que no supe hace rato ni hace mucho;
nunca fue tu labio tan pulpa simple,
la saliva tan clara. Te entresiento
más como eras sin mí,
cuando tu existencia, al recordarla, me inundaba
a tres segundos del despertar temprano solo,
mientras eras probable nada más

(y ya aquellos instantes blancos se me olvidan).
Qué gestos insinuamos ahora, qué palabras
nacerían, qué ritos parecen casi vislumbrarse
de algo que empieza cuando el cuerpo se cumple,
y que es también del cuerpo,
y que el dormir devora, crudo, sin que se mueva.

ENIGMA

Agazapado te respiraba como a una matanza de moluscos
 en las islas,
como siempre;
 ya vibrabas un poco
en un despacio aún que anhelaba durar sin osar pedirlo
mientras a lo lejos, sobre montes clásicos,
se acumulaban nubes densas de miel y de mar.
Tu jadeo incipiente era un guía tuerto, tartamudo;
yo tartasordo entre simplegades de sábado,
palpaba tu tallo con manos tendidas.
Alcé la vista entonces, sonriente,
 nunca sabré por qué—
tras el pecho que no hubiera alcanzado
me mirabas fija, con la barbilla suelta, deletreo—

al sentir que algo raro nos rondaba
vi descender tus brazos infinitamente tranquilos;
aplicaste las yemas de dos pulgares firmes
y tiraste de los ángulos de estos ojos
hasta que te borraste en sus rendijas
y sólo oí susurrar en el mayor misterio:
 —Chino.

VECES

A menudo —no siempre, pues estoy escribiendo—,
ceteris paribus,
                tenías que dañar.
La ágil giganta flaca que escalaba diez peldaños
de dos en dos, por cualquier opus mío
(para luego desmayarse en una acera),
quería y no podía —más creíble al revés.
Entonces me arqueabas, tortugo criptódiro,
cerviz tronchada por alcanzarte todos los pezones
con ronquidos de máquina que quizás aún te excite
        recordar
(sin cambio posible; era tu único modo—
¿sólo habrías fornicado con setecientos enanos?),
hasta que un acero más brillante que el mísero orgullo
desjarretaba la ballesta de mi siniestro garabato, y aquel
        disparo herido
te servía, prodigio, también algunas veces:
aun traté de imitármelo sin lograrte engañar.

¿Desencantaré ahora a los conocedores
de víctimas, verdugos y otros artículos de ferretería?
En esta noche a secas mejor tener almohada
sin las comillas negras que pintaban tus párpados
tal vez por repetir un pasaje textual
—aunque con ella navegasen a sus horas
(pues estoy escribiendo)
prendas pares y nones, ilusamente sabias,
dos pies perfectos (creerán que los olvido),
el invisible aceite de tu superficie
y el amor, que es bisílabo.

SINOPE

(Bien me acuerdo, bien me acuerdo:
un crepitar monótono en la garganta,
un cuerpo inerte que nada contesta,
yo en pie, delirándome de ganas y de rabia—
cuerpo entero, armonioso, deseado;
besarlo ¿para qué?—
                y lo besé, por supuesto;
no me supo amargo, poetas,
                tibio, salaz, terciopelo,
porque así era,
            y medio minuto forniqué con ello
y mi clamor resonó en la habitación sola—

otra vez cuerpo desnudo, quieto;
quietas sombras sublimes de ella misma en su piel,
sombra de nariz, sombra con pezón, negra pincelada,
    maleza indiferente
bajo la luz a medias
—oh descriptio puellae, qué absurda eres cuando está
    borracha.)
¿O siempre?

LETRITUS

¿Madurez?

Empiezo a separar
el coser del cantar.

Euforbio

Aunque no soy Ruperto,
te traigo perlas,
filosóficas poco,
nada holandesas.
Desde la cara
rodarán a tu busto
y se harán agua.

$1/x$

Matar un pájaro de dos tiros.
Es poco,
         pero frecuente.

Onán

Más vale pájaro en mano
que cien tovolando.

Paremiológica

Como abarcas poco,
aprietas tanto, ¿verdá?

Memento

Oralia y Analia
tienen también genitalia.

Grillparzer

Aunque las ondas de Love
—der Liebe Wellen—
enloquezcan sismógrafos,
derriben casas,
son superficiales
como las del mar.

Intravenérea

La sífilis le hace al cuerpo
de quien coje, tal vez sin amar,
lo que el amor le hace
a quien ama, tal vez sin cojer.
(Reconocerás que una virjen,
así con jota,
ha dejado de serlo.)

Plus ça change

Era rígido,
era elástico,
legítimo y sutil;
Mendeleyev le puso "newtonio",
una savante franchuta lo creyó granular.
Era el éter
y no existe.—

Es diamantino,
es ternísimo,
cósmico, por supuesto;
mueve el sol y todo lo al,
hay quien insiste en lo viscoso.

SHOSTAKOVICH, 4ª SINFONÍA, ÚLTIMOS 4 MINUTOS

Mira: desapareces—
la nieve sucia en calles con árboles queda.
Ello es lo estable
también. Ya hay que evocar y todo eso.
Playas blancuzcas por arriba negro
muy despacio cada vez no más prisa.
Zädtä y dawdzhytä* lo atrajeron hacia un valle sin agua.
Tu pobre dormir tan idolatrada babea en el colchón.
La fatiga repta, son unas aceras largas.
Catedral trompetas mierda muerte:
fue oprimido el botón del mundo;
zumba al bajar, se van contando los pisos.
San Basilio (obispo del Ponto) descorre la puerta.

* Este plural oseta es normal, con su elisión de vocal, su mutación de la consonante final y un sonido confuso intercalado antes del sufijo. También hay excepciones a esto, como a todo.

RETORNOS

Estoy hasta los cojones
de que vuelvan —y tal vez sea peor si no hubo cama: así
 con la que hoy por hoy
ostenta el trofeo sobre su cómoda por volver tres veces en
 un cuarto de siglo
(supongo que era ella misma la tercera).
 No las paso,
como es natural, de la puerta o el teléfono
—ni disimulo que he caído, en mala hora.
Remueven mayonesas que cortaron tan cabronamente,
 hacen que uno se sienta tan retrete
(mientras la mano soba el espinazo al tango consabido),
que, después de cerrar o de colgar, no es rencor ni
 venganza, pues a veces hasta aúlla uno al techo de
 daño; más bien
ha de ser un fenómeno parecido, toutes les proportions
 gardées, a la desesperación de las personas de
 calidad.

"Causas hábito."
 (A dos la misma ocurrencia; otras
abrazaban o denegaban en firme sin verbalización
o en términos menos pintiparados
y, no obstante, han vuelto,
metiéndose con ello en un aprieto expresivo que
 evidentemente no previeron—
es que el instinto, ah el instinto;
qué vamos a hacer con el instinto, sobre todo cuando
 nunca lo soltaron de verdad

—pues aquí entre nos, poner el culo es a menudo todo lo
    contrario.)
Causar hábito —cuán empetulantecedor de oír en un
    momento dado, lo reconozco no sin vanidad;
parecería garantizar esa paz que prefiero, filisteo,
pues da ocasión de sentir y vivir y probar y repetir todo lo
    que más o menos hay;
esa paz que no se cansa de ser divinamente la misma
y siempre divergiendo, como música,
mientras dura (y nada dura demasiado, no es gran
    descubrimiento).
Ahora bien, esto nunca —oigo decir—: revelaría poca
    alcurnia psicológica.

Sin duda. Visto lo cual
¿a qué se obstinan luego de años en manifestarme no sé
    qué,
precisamente a mí,
que ya era yo cuando, hace tanto, me pusieron a
    improvisar escenas infumables de folletín,
si no es que fueron episodios casi mudos, poblados de
    miradas perdidas, ademanes de resignación y
    desencanto ante mi falta de perspicacia,
o confesiones complicadísimas con frecuencia muy
    análogas (a saber,
que aquellos monstruos, curiosamente mierdas, que
    destrozaron las vidas a las pobres,
les vuelven, también ellos, cada cuarto de hora,
    formidables emociones por los suelos,
y cómo van ellas a hacerles lo que empecé diciendo que a
    ellas hago)?
—pues yo causaré hábito, sólo que el trauma se cotiza más

y bien se me pudo dejar hecho un pendejo (en el mejor de
   los casos), sin entender ni jota, como cada vez más
   me precio de seguir.
Al fin y al cabo, un pequeño regreso en cierto tiempo
   aclarará —¿qué?

Si supieran lo que se siente pensando en dos o tres que
   jamás volverán
porque aquello acabó, no lo acabaron
(y aun acaso existió, no fue del todo farsa).

EVOLUCIÓN

Aja el hombre las corolas femeninas
(en proporción desilusionante, una y mal),
parte con las manos en los bolsillos, biológico,
limpio de polvo y paja
                      y si te he visto no me acuerdo
—nos reprochaban algo outrecuidantes las muchachas
allá cuando la guerra de Corea, y por largo tiempo luego,
aunque les dijéramos que no íbamos a proceder así, que
        nos creyeran, por favor, que de veras ni nos nacía.
Cuente cada quién en otro lugar lo que le pasó después.

El mundo ha rodado y las rutas del progreso
se revelan tan intrincadas como aquellas de la providencia
(será porque tampoco existen, o cualquier simpleza):
la mitad de la especie ya no estraga a la otra,
ya se estragan mutuamente
(pues lo que está mal a medias tiende a estarlo del todo
sin culpa de nadie en particular;
la fuenteovejuna es como es).

Hoy, a poco que él procrastine
en cálculo, indiferencia, biología más bien sosa,
        encogimiento de hombros
y si te he visto no me acuerdo
                        —todo aquello, en fin—,
ella se encargará de añadírselo al desayuno
aureolada por el póster donde luce un haz de sol entre
        troncos añosos y se lee
que el mundo está lleno de amor para quien sabe buscarlo.

Coincidirán a las seis ante una mesa redonda
donde será jeremizada la veloz deshumanización de las
   relaciones
interpersonales —y, por notable que parezca,
no tendrán noción de estar viviendo un chiste.

1973

Amanece, según empieza a ser hábito, por la derecha
—pues hasta el izquierdismo tiene sus correlatos—;
el sol sigue sin salir aunque sea pleno día,
y las luces del hospital de La Raza se apagan de una vez.
Lástima; parecía un bonito acorazado para ir uno allí a
    parir algo.

Tengamos ahora cristianismo para afirmar que el valle
    —discutible y fraccionado, sin duda—
rebosa, es de lágrimas, cual todo valle debe, respetable.
Tampoco, carajo.
Se husmea cierto horror pasmado, sí, bueno, pero lo que
    se dice lágrimas no hay
(a no ser al bostezar con toda el alma, y entonces de paso
    escurren mocos);
tal vez se han secado, en cuyo caso no serían tantísimas;
incluso opino que desde aquí, a vista de pájaro—
               sólo que no hay pájaros;
eran unos inútiles, a todos nos consta
—en resumen, ¿qué hago aquí yo
        apeándome cansadísimo de ayer a estas horas?
Las pocas caras adustas que echan una ojeada al pasar con
    madrugador recelo
(y, el colmo, hasta saludan, seguras de que lo saben todo y
    además lo toleran)
se acaban de levantar. Raro.

              Ayer, decíamos,
las cosas eran de otra manera

(dándoles la vuelta un poquito, reconozcámoslo),
                    eran como más no sé cómo.
Hoy se han abrochado otro botón, según empieza a ser
    hábito
—que, desde luego, no hace al monje
pero lo viste dignamente.
                La cama, claro; muy al sur, eso es;
para dormir dos horas y media (porque se logra).
Después, incorporarse al devenir
con aliento alcohólico. Explícalo, a ver, que es miércoles.

VETERANO

Al cumplirse treinta o cuarenta años
de que las callosidades isquiáticas le acabaron de
    empedrar la cara
(mosaico, ya refractario a todo, de ridículos, abyecciones,
    vueltas de camisa, retractaciones, cabronadas),
es la hora en punto
para hacerle un homenaje al viejecito,
pues nunca se apartó un ápice de sus convicciones
    juveniles.
(Se ve tan frágil;
pero tan vivaz como siempre.
Qué memoria. Qué gracejo.)
Que se vaya a chingar a su madre.

LETRITUS

Respuesta de las criaturas

¿De qué nos sirven
el húmero de Gautier,
el peroné de Flaubert,
broken reeds?—
           Para
venerar a nuestros superiores
no los queremos frágiles luciones
sino constrictoras, hediondas coronelas.

Uneven tail de Mlle. V.

Quienes no vienen de óvulos
mas de glóbulos polares
son, con avariosis, lénines
y, con Lenin, como Carmen.

Niño prodigio

Ved cómo la barba del viejo
los bucles de oro
                 —¿A qué huele, abuelito?
—A me-til-tio-pen-tan-diona.*
—¡Ya entiendo, abuelito, es que la más hermosa
sonríe al más fiero y todo eso!

* Wheeler, J. W., von Endt, D. W. & Wemmer, C., "5-Thiomethylpentane-2,3-dione. A unique natural product from the striped hyena", *J. Amer. Chem. Soc.*, 97, 441-2 (1975).

Diferencia

Las naciones alzan estatuas de guerreros imbéciles,
pero no de policías.
Las antenas del pueblo son sutiles, presienten:
lo bello es bello;
lo sublime es anicónico,
Tloque Nahuaque,
un cuarto negro, vacío,
y entonces allí—
                    horror
—o sea prestigio.

Vejiga

Es fácil cuestionar
lo que está en cuestión solo;
aunque sin ese verbo
¿qué sería de tanto cuestionador?

Ideólogos

Los he visto conteniendo la sonrisa a duras penas,
queriéndola disfrazar de amarga ironía,
pero era que la matanza les encantaba
por convenir a su teoría.

Tango

A Gonzalo

Las quejas del arrabal
me han llegado alguna vez:
la muerte de un tal Guevara
y la de un tal Brucelee.

Notre mère à tous

> I am a sundial, and I make a botch
> of what is done far better by a watch.

Cuando un decreto obligó a tener *Mein Kampf*
en la biblioteca del laboratorio,
renunció.
La historia no olvida, y hoy
se le elogia mucho aquello.
Nadie
recuerda que la protesta fue
porque allí el libro no encajaba en la clasificación.

Necesario y suficiente

Poco hace falta
cuando sopla el Espíritu (ubi vult):
un poco de lechuga,
un poco de agua,
ratos de sueño,
un buen héroe para ordeñarle carisma.

(Unanimidad
—tà zóa trékhei—
bella de ver.)

Yace aquí

Tuvo y tendrá incondicionales
 y detractores feroces.
Cometió errores,
 ganó indulgencias;
conoció la gloria.
 Gran político,
sin él sería otra la faz del tiempo:
concuerdan aun las apreciaciones más inglesas.
Ojalá, por lo menos, haya sido enterrado vivo.

MISIÓN

Algo quizá me hubiera servido a los dieciocho
leer de lo que escribo a los setenta
—si en verdad será así de intransferible,
si no habrá un joven de mirada clara y corazón sucio
(de sus complejos, no de literaturas),
una pequeña, dialéctica pero dubitativa entre tanta
    verdad,
a quien pudiera ayudar, insulso centelleo
junto a música gringa y ediciones na ispánskom yazyké,
a perder una fe, minar un ideal, escarnecer tal nombre
    propio.

DESCONCERTÁNEA

Doy vueltas por el gazebo de mi inmadurez
con andar precario, como un quiroterio de Owen;
me asomo a la fontanela
                a ver.
Qué más para un catálogo de ruina.
Es un hecho (para empezar de algún modo)
que me han felado diversas mujeres que no tenían ganas;
esto nunca le ocurría a Erich Fromm, por ejemplo,
quizá ni siquiera a Lamennais, aun siendo cura.
Es también verdad que de vez en cuando
tal o cual iota suscrita me hace planear la endura
y que siempre llevo en el oído un rumor de papeles
          rasgados
en cuatro, en ocho, en dieciséis.
En fin (por no ser prolijo),
al viejo grave que vino a podar la hiedra
le dije buenos días aunque eran las dos y veinte,
no le recomendé ningún té para su urticaria,
lo herí con metáforas en segunda instancia
—maniqueo, a tus cacharros; per Bastiana chiang kai
         shek,
y cosas hasta peores.

CULTURA

Silla de montar sudada, de cuero rojo incrustado de
   canicas y piedras únicas;
puerca albina maxmordona (sin la dichosa cubatura
   de la marrana auténtica) con un ojo azul y otro
   saltado, con huesos de un marfil que sólo ataca el
   disolvente universal del fanatismo
(más tarde, los filósofos deciden que el fanatismo aquel
   sacó a la luz virtualidades implícitas en conceptos
   sometidos a una elaboración creadora, y ya
   tenemos más cultura);
vianda al fuego amarillo en carne viva, siempre a medio
   asar, humeante, y olor a fuerza y delicia como en
   ciertos recovecos;
ex niña prodigio babosa vestida de papel impreso en letra
   diminuta, pegadas las palabras de ritmo dactílico
   para clítoris capuletos;
anímula vágula blándula péndula:
serías querible sin tanta farsa que atrajo a huéspedes
   infames, y los alojaste por incurable chifladura.
Vámonos a echar corcovia, vámonos una noche, que
   nadie se entere,
dejando la academia a los macacos (sin los hechos
   apostólicos
del mono auténtico) —arbopublirrelacionistas, picorna-
   comunicólogos, mixoadministradores, papova-
   mercadotécnicos, qué sé yo.
Vámonos a equivocar de otras maneras.
Que ellos sigan la opereta de la toga y el birrete, la venera
   y la muceta, el congreso y los viáticos. Lo han
   ganado; lo desean. Qué ocasión.

INFORME

Aparte de mí, en la velada sólo hubo personas consistentes
      y al día,
muy capaces de elevarse a nivel universal,
enteradas de que el investigador moderno
—el que tiene que pesar lombrices frescas, supuse,
o el afanado porque cristalice algo en su menjurje
      amarillento—
debe descolgar de la percha la tizona varias veces cada
      mañana
para combatir con denuedo el principio de causalidad,
el espejismo sujeto-objeto,
la lógica de sólo dos valores
y otras antiguallas muy perniciosas que inexplicable-
      mente siguen llamando a la puerta.
De paso me enteré de que un peine atrae papelitos por
      magnetismo
y de que a muchas plantas —no a todas— les gusta la
      música (barroca, conste).

15-VIII-83, MADRUGADA
(de memoria)

Rumiar la Suite lírica de Alban Berg—
sorprender una analogía entre el verbo bretón y el
    malgache—
deducir antes que nadie la biogénesis de la picrotoxinina—
desandar a solas el sueño de anteanoche hurgando en el
    sustrato habitual de algo que no lo es tanto—
ver de repente que la batalla de Kurukshetra corresponde
    a los siete sobre Tebas—
cambiar una palabra y que la línea se descoyunte en dos
    escalones con paso suyo y conjunto—
ir por muchas calles sin desperdiciar un comedor de planta
    baja, un Ajusco, una muchacha
—todo esto y todo lo demás de todos colores que esta vez
    por sabido se calla,
todo esto que hacemos los espíritus pequeños con las
    grandes cuestiones,
muerde y penetra la realidad (por si acaso fuese algo)
mil veces más que el sórdido botiquín de polvos
    abstractos, gargarismos intelectuosos, supositorios
    dialécticos
con nombres de pensadores (tantos alemanes, ahora
    también franceses) en las etiquetas.

PAVANA PARA UNA VÍBORA LÚBRICA

Al burgomaestre de Příbor

Abrí un día el cajón de mi padre y escogí la mejor larva.
A escondidas le daba sobras selectas de los cumpleaños.
Así creció hasta una hermosa serpiente de cuadrícula
 dorada y ojos de zafiro.
Supe sus preferencias, le abría la ventana por las noches.
Antes del amanecer golpeaba con cuidado los vidrios
 como Kaa tanteando el mármol.
Entraba perlada de flit y se iba a enroscar bajo mis
 libros de aventuras y de animales admirables como
 ella.
Empecé a llevarla a la escuela en vez de cilicio.
Me restregaba las costillas para facilitar su muda de piel y
 que yo no llegara a clases.
Suelta, merodeaba por el bosque la mañana entera.
Luego enmudeció, ya no quiso separarse y me bañé con
 ella puesta.
A mis amistades les contaba todo menos aquello, pues era
 demasiado trivial.
Muy lento además, pero con el tiempo debí buscar un
 buen trabajo fijo.
En tardes de Mixcoac contaba Silvia con la uña las
 escamas aún visibles en mi torso.
Anunció de pronto que ya nada se notaba.
Años después, la gran boa profetizó un poco por dentro
 mientras yo miraba, cruzando el puente, hacia
 Acoconetla.
Al reconocer el silbido, casi se me cayó de la mano la bolsa
 del pan.

Tragué saliva y le eché en cara su carácter simbólico socorrido y démodé.
Por si acaso, he cumplido múltiples veces la profecía, con resultados variables, pero al parecer esto va a ser todo.

I CU

A Pablo Mora

Puesto el fa, pasar al punto 8.   Ahora bien,
si mientras resuelves el test se pasea por la tabula rasa
      una araña descomunal
atada de una pata a la lámpara,
si te besa la mano y juguetea como un gatito con la pluma
      que escribe
o mira de frente y hace como que toma impulso para
      saltarte a la cara,
la calificación desciende,
pues hay que marcar con una paloma todo lo que
      convenga,
que tachar lo que no convenga.
Cuando no miras la oyes, hace como la uña en el peine;
aunque te absorbas en la performancia, se sube al cenicero,
alza una colilla fría, la desmenuza
y sopla sobre los restos para que pierdas la ilación de nuevo.
Si la amenazas de mala manera, brinca atrás, se protege el
      rostro con un antebrazo;
durante ocho segundos angustiosos
suena un gorgoteo de quimos revueltos en su barriga
      velluda
grande como un huevo grande.
Hay que descubrir cuáles dos de los seis dibujos son
      iguales (tiempo: 2 minutos),
que identificar los siete errores en el dibujo grande
      (tiempo: 3 minutos)

aunque trepe por el brazo, y es peor; escarba en tu oreja
    más preciada,
estornuda, se queda quieta,
dan ganas de firmar, poner el número del Registro
    Federal de Causantes y esperar que vuelvan,
porque el cordón tirante estorba la visión y distrae,
pero no se puede, no se puede.
Ya baja, curiosea, canturrea,
mientras buscas parejas de palabras relacionadas como
    pétalo-frenesí

| lentejuela | Eurico | galón | árbitro |
| cáfila | xileno | carcaj | parapeto— |

se tira panza arriba y encoge trágicamente todo,
pero si te levantaras, con el arrastre de la silla estaría
    en pie.
Además, no ha cerrado los ojos.

CONFESIONES

De Ginebra, mi pueblo calvinista,
donde todo era nítido como la sombra de una camisa de
    fuerza,
resbalé a Lyon, adonde Jouvet
con un florete de platino me calcinó el punto cerúleo.
Touché. Merci.
Desde entonces, diremos que sin saberlo, en cualquier
    teatro vacío,
estreno siempre sueños, aunque no se entiendan todos
o mi valioso trabajo cotidiano salga perdiendo. Mientras,
el vecino de cada noche tose, tose, y no muere.

Primero recorríamos las cordilleras divulgando tonadas
    accesibles,
un trozo del *Lago de los cisnes* y cosas así.
Vimos mapaches, hablamos con Sísifo
(—No, moharrachos, eso del horror de volver a empezar
    son necedades;
no, lo malo es que cuanta vez rueda la peña
me pasa por encima, mata una oveja en el valle y tengo
    que pagarla.),
inaugurábamos altorrelieves de parejas,
Abelardo y Eloísa, Aquiles y la Tortuga.
—Mastica mármol pario, muchacho, mastícalo:
así te resultará más llevadero el camino.

El paisaje se aplana desde hace años—
¿quién nos hará la autopsia?—
pero qué importa seguimos cargando la marimba por el
    desierto de caspa

leyendo cada vez menos grafitos en el oleoducto tan útil
y un poco más allá donde un rodillo tricolor y vertical de
    peluquería
girando suspendido en el aire gris
marca el fin de los tiempos.

CHASSENEIGE

A Ulalume

Sé bien que eres un viento, pero a mí
me gusta imaginarte en la punta de una locomotora
      romántica
partiendo la nieve por una vía angosta,
aventándola en torbellinos a los lados
sobre los campos blancos del siglo diecinueve,
con un cargamento de puerco largo a remolque
—carne hacia hoteles de escupideras doradas,
güesos femeninos en forma de alcayata
para que crujan sobre algún sólido mostrador de roble
      pesadísimo
ante el regente con cuello almidonado y favoris.

Este paisaje nada vale desde adentro,
pasan ráfagas blancas que la locomotora envía,
todo está donde debe y, con las piernas en sendos folgos,
Franz Liszt y su amante mirando al frente con ojos
      vidriosos de frío
avanzan ateridos por campos nevados mientras un cuerno
      triste aúlla muy lejos
el tema del concierto de las naciones.

TLC

nec plus quam minimum

La seca lluvia vertical continuaba,
ningún nacido de mujer había entrado nunca en la oficina,
decirle de prisa frases ambiguas, vejarlo y multarlo,
sellos amoratados, reglamentos, tubos de luz sanvito,
letras grandes en las ventanas decían algo al revés.
Afuera gris arriba, gris abajo.
Entonces el del escritorio de reclamaciones,
el que fue ascendido al otro día,
sacó un dedo por ver si amainaban las gotas ganchudas:
tal fue el clinamen.
         La lluvia
con un estruendo de dominó ateo
se derrumbó en sí misma. Al rato
notaron que ya había un sol redondo,
nació suelo verdiazul bajo las nubes nuevas,
pasaban saurios, hordas, bergantines.
Fue la primera vez
que apagaron, cerraron y salieron.
La cajera, la gorda, se despidió gritando:
—¡Mañana habrá causantes!

LETRITUS

Con una gallina, para la zorra enferma

Siendo esto
tan corto,
será
buenísimo.

Errata

—¡Estoy arto! —gritó.
Y nadie se dio cuenta
del error.

Bon sauvage

Contemplando el cristo,
un pagano listo
pensó en su idiolecto:
—Debe ser el dios
de la menstruación.

Relatividades

Cuando a la Sulamita le bajó la regla
el ambiente del Cantar,
por prescripción levítica,
se echó a perder.

Principio de realidad

Piensan ciertos pavipollos
al repetir que Freud era un positivista
que se vuelven con ello
filósofos e historiadores e conocedores
de la ciencia.

Ravel construye un acorde

Superpongamos
sal, pimienta, anís, jenjibre,
crica de nínfula.*
Sabiendo hacer esto
¿cómo no ser casto?

*Al calce

Por igualar mis 39, un viernes
llegaste sesquimujer:
tu reír contagió a sus duros labios nuevos
y —sin suspender el comentario experto,
asiéndola de ambas piernas,
carretilla de caoba—
                    la hiciste girar
hasta que el amasijo cosquilloso
fragante a hojas de ruda machacadas ayer
y a rudo pañal nomeolvides
                            se imprimió en mi cara,
como si me besara
qué vértigo de Tzaráracua violeta.

Bartók explica

La llave era de todos:
nadie supo abrir nunca.
La hice entrar a la fuerza
con las muescas hacia arriba.

Boquiabierto

Un pobre intelectual se me quejaba
de que la música lo despersonificacionalizaba.
Yo pensaba con pasmo
si sobreviviría a un simple orgasmo.

Quadras ao gosto probabilístico

1

Como aquella nube, idéntica,
flota otra sobre Quito.
Yo advierto sólo: —Cuidado,
el demiurgo anda aburrido.

2

En lo alto del surtidor
hay gotas que saltan más.
Esperando lo bastante,
una, subiendo, se irá.

Presente

A Gabriel Zaid

Borrico de Buridán
atrapado entre dos flautas,
entre la final de fue
y la inicial de será.
¿Qué es el ser?
           Casualidad.

SOCRÁTICO MENOR

Apriessa cantan los gallos.
Euclides vuelve de Atenas, disfrazado de mujer.
Sócrates no me quiere, no.
                    En el recodo
un marinero borracho.
                    Forcejeo,
oh flaco intelectual:
                    —¡No confundas, por Zeus!
—Pooh! my dear, any port in a storm.

Megárico, sigue la marcha, agradece
que no te vio mamá vestido así, como Penteo.
Sobre todo,
            rechaza el argumento de la analogía.

El campesino de enfrente sazona ya el moretum.

FULANO

Para mi hija Laura

...a los Hermes en Ate-
les partieron los cojo-

Cuando propusieron despedir a la flautista pensé
esto va para largo como aquella vez, y vine y me dormí.
Una vieja desdentada lava en el agua negra ropas
 manchadas de sangre,
las golpea con una piedra entre la noche violeta
(pero cada ruido es seco y algo cae ridículo al suelo),
descansa mirando cegata hacia el estrecho con islotes
 milagrosamente borrosos
que encantarán a viajeros alemanes bajo futuras lunas
 llenas.
Sorbe por las narices y sigue lavando;
así me reprocha concurrir a la mesa de los sofistas.
Es que el escéptico no le deja a usted vivir.
Investigación de mercados en Sicilia.
Lechuzas a Atenas. Orictéropos a Samos. ¿De acuerdo?

—Orja! Eurjo! Feuerjo!
 ¡Profanación, mutilación!
¡Fornicación, revolución, Charenton!
Salgo a la calle corriendo en piyama y avanzo con la
 multitud
hasta el umbral de la época presente.
Más allá no habría de ir este gentil.

VIVISECCIÓN

Guapo de Rakotis, ahora sí que delinquiste
(y la justicia helenística es cruel)
por elevar aquel placet futile
a su sacarreal majestá Tolomeo Fulánez,
que te nombrase pastor de las sonrisas de Berenice.
Será quizá trabajo en las canteras,
quizá será—
        Es el día;
las puertas se han abierto entre fanfarrias
—¡¡taratántara taratántara!!—
y (cierta mirada de loco) entra Herófilo
con el bisturí en alto. Agárrate.

Ya no pregunten. El resto
se lo llevó la cuchilla del encuadernador.

CRONISTA

Fraates quinto, aquí presente, yoga con su santa madre
como un Eddy Poe afortunado.
Aquel que viene despacio, Cayo César, se habrá
    desprendido de amplexos también sorprendentes.
Se abrazan. Se besuquean. Hipócritas.
No alcanzamos a entender lo que se dicen,
aunque es fácil de imaginar: "Yo soy muy buena gente,
pero el que me busca me encuentra."
(Eso repite todo el mundo, suponiendo por lo visto que
    siempre constituye un autorretrato soberbio
y que intimida un poco a las personas malas.)
Por desgracia Jesús es tan pequeño que aún no podría
    circular sin abuso taumatúrgico,
pues es listo y malaleche, y aquí encontraría bastante
    material criticable:
en fin—
            Ahora habrá que aguantar los discursos.
Luego, la firma para lustre de Roma.
Por último comeremos sandías insoladas.
El Éufrates apacible, tijiĭ. Qué calor, cunnus.
Yo, Veleyo Patérculo, vi todo de cerca en este islote.

RÓMULO AUGÚSTULO

> And after some more talk we agreed that the
> wisdom of rats had been grossly overrated,
> being in fact no greater than that of men.

Borré tan bien mis huellas
que nunca sabrán nada. Ya corre el siglo sexto,
mirando a la Propóntide un necio casó con una puta;
cosas que pasan. Ahora que me acaben de zurcir la tarde
y regrese despacio entre sombras de la Campania
(roída, sí, como piel de Plotino, por lava subterránea,
 salpicada
de enconos a los que ya no atiendo),
si alguien se pone otra vez a ponderar enormidades de
 soberanos y generales
con un brillo de envidia en los ojos de chivo,
le diré, con mi infancia presente y sin nombrarla,
que hará falta toda la estupidez de todos
para abrir otra era, enorme y delicada,
y que los poderosos no van a ser distintos
de quienes los erigen, los cuelgan, los restauran.
Esta piedra no estaba anoche en el camino.
¿La Kovalévskaya? Era una lógica.

TIROL

Cuando te sonrieron seis ranas encimadas como poste
      totémico
no era que se burlasen de ti junto al sendero alpino,
ni aun de tus dos esposos.
Tú sí que sabías: dijiste
"mal presagio". Llegó la Peste Negra.
Bien. Has sobrevivido.
La historia contará que eras horrible
(trompuda y cachetona)
y si un día describen tu rostro a Cimburgis
le faltarán fuerzas para doblar con la mano otra herradura.
No llores, Maultasch; oye:
afuera
los pelagrosos
jodeln y jodeln.

CAMPESTRE

A Lucía

Como ya no la riñen por *bellaca*,
puede chapalear en el riachuelo.
Luego pliega una pierna al sol. No me ha visto,
despierto, a ras del musgo, revolviendo los ojos
con el fácil motu de la forma esférica.

Contemplo pie, huesito, rodilla (aún brusca) arriba;
vellos castaño claro por la tibia
(detrás el cielo azul),
arista escarpada, es un fresco otro mundo de sencilla flora
con globos de agua que atrapan al ínfimo intruso si los
       toca
—tensión superficial se llama este fenómeno—
o ponen arcoíris —refracción— en su frente cuando trepa
asiéndose de tallos flexibles y encerados
(pesa tan poco que ella nada siente),
de gota en gota. Son muchas.
              Tantas,
que me incorporaré sobre el codo, y con süave estilo—

BRUJA

Lleno de respeto hacia las probabilidades,
considero a Maria Gaetana Agnesi como fea;
no obstante,
procederé como si fuera hermosa.

Fanciulla pedante trilingüe
—a cada palabra te arranco otro trapo—,
sabihonda sabrosa, presiento
por ciertas instituciones analíticas
que en materia de senos puedes todo.

Abajo tu hermana toca y canta a gritos
—Oh! Sophonisba, Sophonisba, Oh!—
mientras nos perseguimos voraces
caterwauling
por los tejados sublimes de Bolonia.

Pero has puesto el coseno bajo el seno,
por la tangente escapas. ¡Qué transvección, versiera!
Ya en la escoba eres un punto que dibuja
una onda frente a la luna.

AUTOPSIA DE BEETHOVEN

Cuentan que sin tener aún hijos aullantes
ayudó usted, Rokitansky, a disecar al sordo
en el nombre del Senior, del Junior y del Paracleto
—y encontraron un buey sobre su oído,
un hígado más tieso que la nuez de Krakatuk
de que hablaba el otro karaliauchiusano ilustre
(pues el mago del Norte no es pa tanto).
Les essaims de moineaux se disputant des lambeaux de
        poumons,
Hosenknopf sentado en el suelo, inflando la vejiga,
Flora mericista sacándose enredaderas de la boca—

Sobre un azulejo talaverano aus dem Schwarzspanierhause
iban poniendo lo que salía de notable
—claves, silencios, alteraciones
semejantes a dijes, bagatelas, espinas diversas
del pescado que tanto le gustaba,
cuando apareció una pieza de lo más rara,
índice en alto, mandón, cual sovvenire apenas cartográfico
de una córcega. Pero al ir a envolverla para la colección
        hunteriana
se deshizo entre el revuelo del público,
pues una condesa maltrecha sucumbió a la emoción,
usted le acercó a las naricillas espíritu de cuerno de ciervo
(el ruido de un avión cubre el final).

RAVEL, SONATA PARA VIOLÍN Y PIANO, SEGUNDO MOVIMIENTO

Llegó al Belvédère, cansado del viaje, entre perro y lobo,
y aunque el manuscrito carraspeó, importuno, él se
    durmió hasta el otro día.

En bata impecable, miró el encabezado con el asombro
    —II. Blues—
de quien nunca se asombra.
                        Escritura parecida,
                                      pero no es.
Leyendo las nítidas hojas de un tirón,
empezó a temblarle el ojo izquierdo; qué amigo bromista.
Ninguno. Sólo él mismo habría podido: lo único en claro.
En la gozosa luz oblicua vio flotar un pelo corto. Sonrió
    de la ocurrencia.
El difícil bache de estos años veinte.
Cuatro óvalos diminutos de tinta seca en el suelo. Hein?
Se puso al piano.
                Tarareaba, silbaba, imitaba, recalcaba.
Llamó, encendiendo otro cigarro y, con la más
    redomada bonhomía:
—Mme. Révelot, estoy seguro de que usted no puso estos
    papeles sobre esa mesa en mi ausencia.
Y de que nadie entró.
                      Por supuesto. Gracias.

Fue cuando notó las miradas redondas de los dos gatos
    simétricos al sol
muy atentos muy juntos al pie de la cortina,
lamiéndose preocupados las uñas manchadas de negro.

Pausa	9
Planta	10
Conciliábulo	11
Margen	12
Presencia	13
Principios	14
Incomprensión	15
Difícil	16
Pedregal	17
Canción contra el perro	18
Nachtrag	19
Capricho	20
Hábitat	21
Egeria	22
Amados	23
Homenaje a P.F.M.	25
Homenaje a J.T.	26
Agüero	27
Nictemeral	28
Bruyères	29
Hora	30
Hipótesis	31
Método	32
Trova	33
Vitriol	34
Ubicua	39
Norte	40
Fase	41
Enigma	43
Veces	44
Sinope	45
Letritus	46
Shostakovich, 4ª sinfonía	49
Retornos	50
Evolución	53
1973	55
Veterano	57

Letritus	58
Misión	62
Desconcertánea	63
Cultura	64
Informe	65
15-VIII-83	66
Pavana para una víbora lúbrica	67
I cu	69
Confesiones	71
Chasseneige	73
TLC	74
Letritus	75
Socrático menor	79
Fulano	80
Vivisección	81
Cronista	82
Rómulo Augústulo	83
Tirol	84
Campestre	85
Bruja	86
Autopsia de Beethoven	87
Ravel, sonata para violín y piano	88

Este libro se terminó de imprimir el día 14 de marzo de 1986 en los talleres de Offset Marvi, Leiria núm. 72, 09440 México, D.F. Se tiraron 3 000 ejemplares.